Histórias de
ZIG

RUBEM BRAGA

Histórias de
ZIG

Ilustrações
Orlando Pedroso

global
editora

© Espólio Roberto Seljan Braga, 2022

1ª Edição, Global Editora, São Paulo 2017
6ª Reimpressão, 2023

Jefferson L. Alves – diretor editorial
Dulce S. Seabra – gerente editorial
Flávio Samuel – gerente de produção
André Seffrin – coordenação editorial e estabelecimento de texto
Juliana Campoi – assistente editorial
Jefferson Campos – assistente de produção
Malu Poleti – revisão
Orlando Pedroso – capa e ilustrações
Eduardo Okuno – projeto gráfico

Crônica escrita em 1948, extraída da obra de Rubem Braga
Crônicas do Espírito Santo. São Paulo: Global Editora, 2013.

Dados Internacionais de Catalogação na Publicação (CIP)
(Câmara Brasileira do Livro, SP, Brasil)

B795h
Braga, Rubem
   Histórias de Zig / Rubem Braga ; ilustração Orlando Pedroso. –
1. ed. – São Paulo : Global, 2017.

   il.

   ISBN: 978-85-260-2337-6

   1. Ficção infantojuvenil brasileira. I. Pedroso, Orlando. II.
Título.

17-39468   CDD: 028.5
                                                       CDU: 087.5

Obra atualizada conforme o
NOVO ACORDO ORTOGRÁFICO DA LÍNGUA PORTUGUESA

Global Editora e Distribuidora Ltda.
Rua Pirapitingui, 111 – Liberdade
CEP 01508-020 – São Paulo – SP
Tel.: (11) 3277-7999
e-mail: global@globaleditora.com.br

 globaleditora.com.br   @globaleditora

 /globaleditora   @globaleditora

 /globaleditora   /globaleditora

blog.grupoeditorialglobal.com.br

Nº de Catálogo: **3845**

Um dia, antes do remate de meus dias, ainda jogarei fora esta máquina de escrever e, pegando uma velha pena de pato, me porei a narrar a crônica dos Braga. Terei então de abrir todo um livro e contar as façanhas de um deles que durou apenas 11 anos, e se chamava Zig.

Zig – ora direis – não parece nome de gente, mas de cachorro. E direis muito bem, porque Zig era cachorro mesmo. Se em todo o Cachoeiro era conhecido por Zig Braga, isso apenas mostra como se identificou com o espírito da casa em que nasceu, viveu, mordeu, latiu, abanou o rabo e morreu.

Teve, no seu canto de varanda, alguns predecessores ilustres, dos quais só recordo Sizino, cujos latidos atravessam minha infância, e o ignóbil Valente, que encheu de desgosto meu tio Trajano. Não sei onde Valente ganhou esse belo nome; deve ter sido literatura de algum Braga, pois hei de confessar que só o vi valente no comer angu. E só aceitava angu pelas mãos de minha mãe.

Um dia, tio Trajano veio do sítio... Minto! Foi tio Maneco. Tio Maneco veio do sítio e, conversando com meu pai na varanda, não tirava o olho do cachorro. Falou-se da safra, das dificuldades da lavoura...

– Ó Chico, esse cachorro é veadeiro.

Meu pai achava que não; mas, para encurtar conversa, quando tio Maneco montou sua besta, levou o Valente atrás de si com a coleira presa a uma cordinha. O sítio não tinha três léguas lá de casa. Dias depois meu tio levou a cachorrada para o mato, e Valente no meio. Não sei se matou alguma coisa; sei apenas que Valente sumiu. Foi a história que tio Maneco contou indignado a primeira vez que voltou no Cachoeiro; o cachorro não aparecera em parte alguma, devia ter morrido...

– Sem-vergonhão!

Acabara de ver o Valente que, dei-
tado na varanda, ouvia a conversa e o
mirava com um olho só.

Nesse ponto, e só nele, era Valente
um bom Braga, que de seu natural não
é povo caçador; menos eu, que ando por
este mundo a caçar ventos e melancolias.

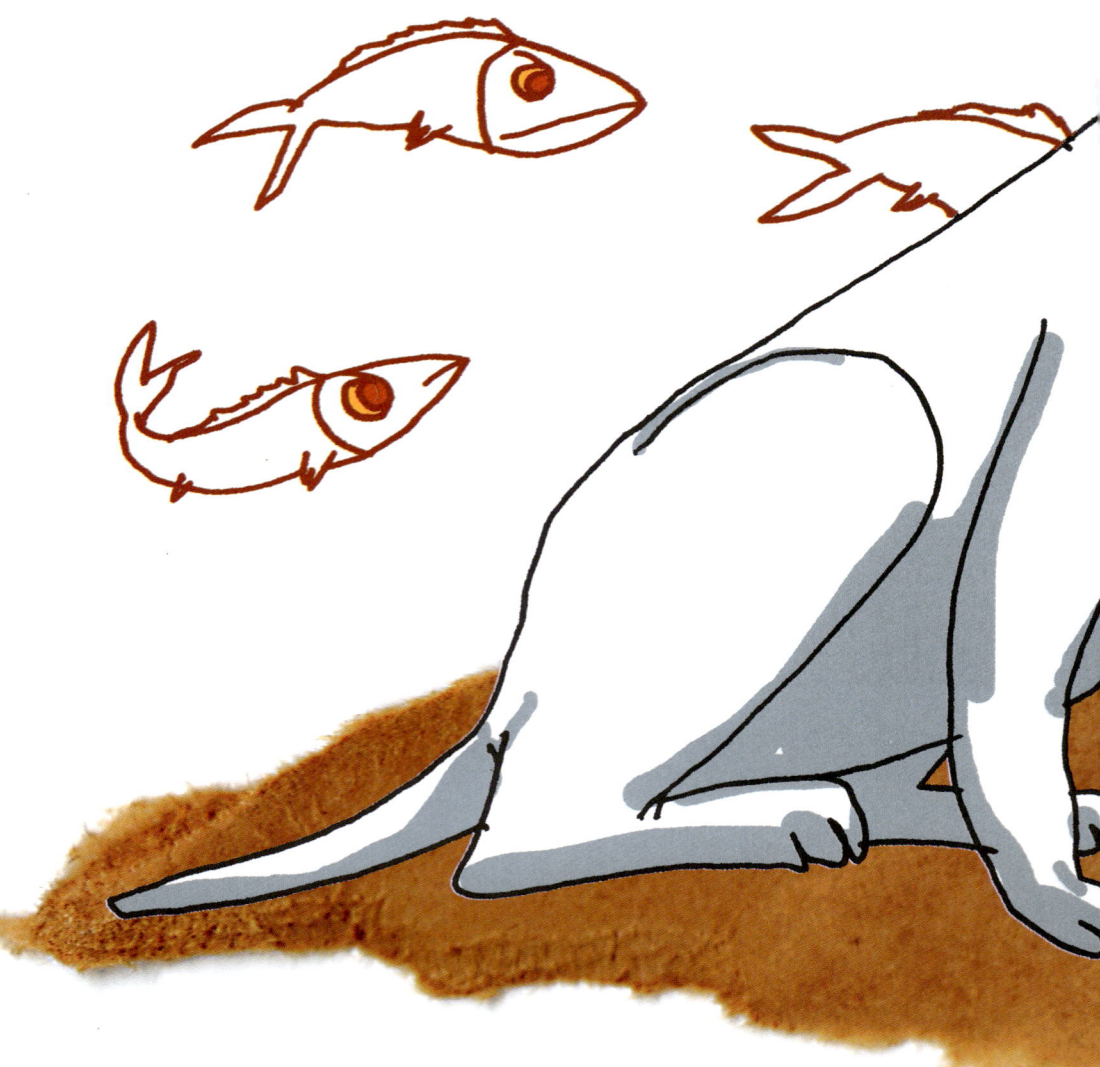

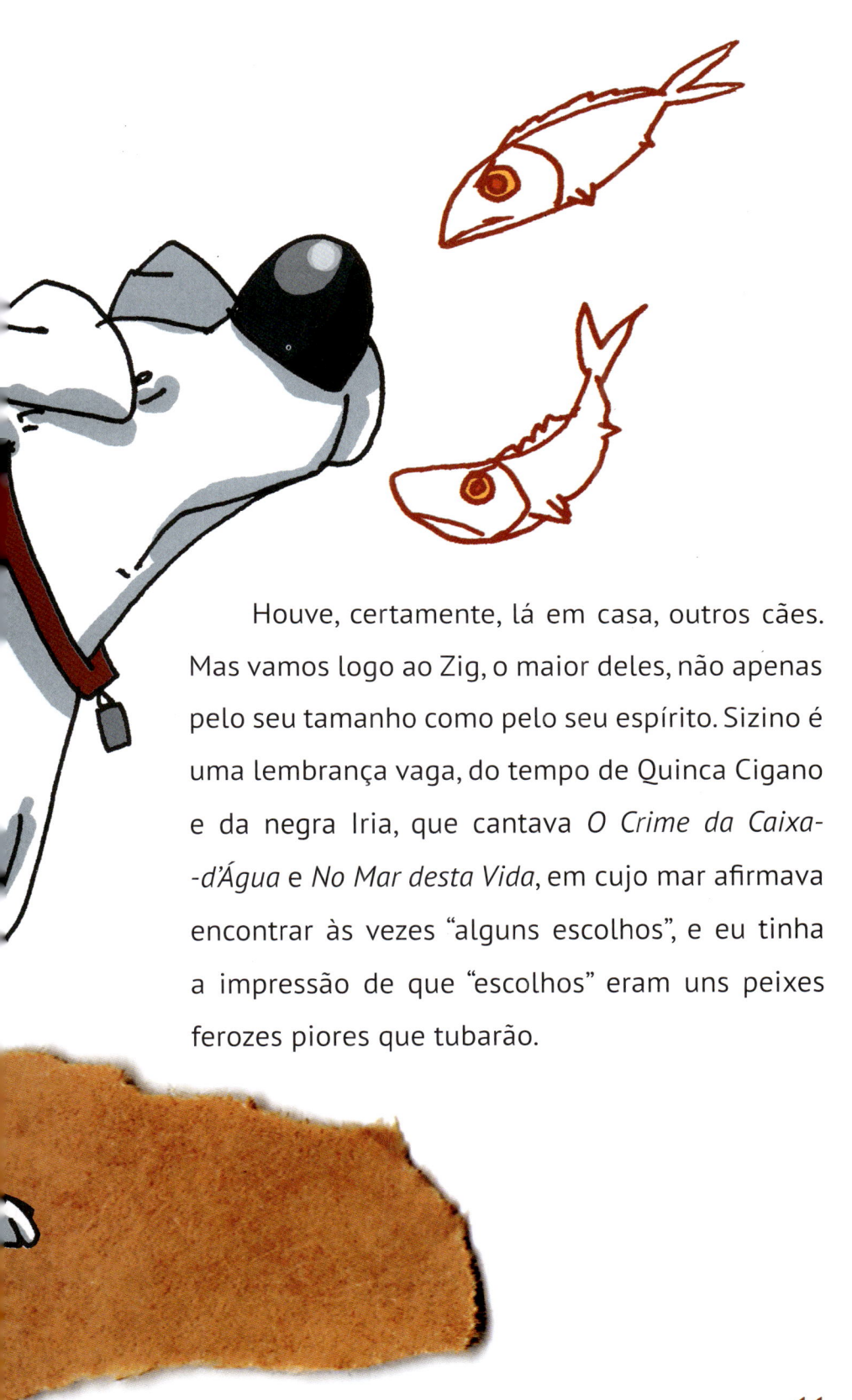

Houve, certamente, lá em casa, outros cães. Mas vamos logo ao Zig, o maior deles, não apenas pelo seu tamanho como pelo seu espírito. Sizino é uma lembrança vaga, do tempo de Quinca Cigano e da negra Iria, que cantava *O Crime da Caixa-d'Água* e *No Mar desta Vida*, em cujo mar afirmava encontrar às vezes "alguns escolhos", e eu tinha a impressão de que "escolhos" eram uns peixes ferozes piores que tubarão.

Ao meu pai chamavam de coronel, e não o era; a mim muitos me chamam de capitão, e não sou nada. Mas isso mostra que não somos de todo infensos ao militarismo, de maneira que não há como explicar o profundo ódio que o nosso bom cachorro Zig votava aos soldados em geral.

A tese aceita em família é que devia ter havido, na primeira infância de Zig, algum soldado que lhe deu um pontapé. Haveria de ser um mau elemento das forças armadas da nação, pois é forçoso reconhecer que mesmo nas forças armadas há maus elementos, e não apenas entre as praças de pré como mesmo entre os mais altos... mas isto aqui, meus caros, é uma crônica de reminiscências canino--familiares e nada tem a ver com a política.

Deve ter sido um soldado qualquer, ou mesmo um carteiro. A verdade é que Zig era capaz de abanar o rabo perante qualquer paisano que lhe parecesse simpático (poucos, aliás, lhe pareciam) mas a farda lhe despertava os piores instintos. O carteiro de nossa rua acabou entregando as cartas na casa de tia Meca. Volta e meia tínhamos uma "questão militar" a resolver, por culpa de Zig.

    Tão arrebatado na vida pública, Zig era, entretanto, um anjo do lar. Ainda pequeno tomou--se de amizade por uma gata, e era coisa de elevar o coração humano ver como aqueles dois bichos dormiam juntos, encostados um ao outro. Um dia, entretanto, a gata compareceu com cinco mimosos gatinhos, o que surpreendeu profundamente Zig.

Ficou muito aborrecido, mas não desprezou a velha amiga e continuou a dormir a seu lado. Os gatinhos então começaram a subir pelo corpo de Zig, a miar interminavelmente. Um dia pela manhã, não aguentando mais, Zig segurou com a boca um dos gatinhos e sumiu com ele. Voltou pouco depois, e diante da mãe espavorida abocanhou pelo dorso outro bichinho e sumiu novamente. Apesar de todos os protestos da gata, fez isso com todas as crias. Voltou ainda, latiu um pouco e depois saiu na direção da cozinha.

A gata seguiu-o, a miar desesperada. Zig subiu o morro, ela foi atrás. Em um buraco, lá no alto, junto ao cajueiro, estavam os cinco bichos, vivos e intactos. A mãe deixou-se ficar com eles e Zig voltou para dormitar no seu canto.

Estava no maior sossego quando a gata apareceu novamente, com todas as crias a miar atrás. Deitou-se ao lado de Zig, e novamente os bichinhos começaram a passear pelo seu corpo.

Um abuso inominável. Zig ficou horrivelmente aborrecido, e suspirava de cortar o coração, enquanto os gatinhos lhe miavam pelas orelhas. Subitamente abocanhou um dos bichos e sumiu com ele, desta vez em disparada. Em menos de cinco minutos havia feito outra vez a mudança, correndo como um desesperado morro abaixo e morro acima.

Mas as mulheres são teimosas, e quando descobrem o quanto é fraco e mole um coração de Braga começam a abusar. O diabo da gata voltou ainda cinicamente com toda a sua detestável filharada. Previmos que desta vez Zig ia perder a paciência. O que fez, simplesmente, foi se conformar, embora desde então esfriasse de modo sensível sua amizade pela gata.

Mas não pensem, por favor, que Zig fosse um desses cães exemplares que frequentam as páginas de *Seleções*, somente capazes de ações nobres e sentimentos elevados, cães aos quais só falta falar para citarem Abraham Lincoln, e talvez Emerson. Se eu afirmasse isso, algumas dezenas de leitores de Cachoeiro de Itapemirim rasgariam o jornal e me escreveriam cartas indignadas, a começar pelo Dr. Lofego, a quem Zig mordeu ignominiosamente, para vergonha e pesar do resto da família Braga.

De vez em quando aparecia lá em casa algum sujeito furioso a se queixar de Zig.

Assisti a duas dessas cenas: o mordido lá embaixo, no caramanchão, a vociferar, e minha mãe cá em cima, na varanda, a abrandá-lo. Minha mãe mandava subir o homem e providenciava o curativo necessário. Mas se a vítima passava além da narrativa concreta dos fatos e começava a insultar Zig, ela ficava triste: "Coitadinho, ele é tão bonzinho... é um cachorro muito bonzinho". O homem não concordava e ia-se embora ainda praguejando. O comentário de mamãe era invariável: "Ora, também... Alguma coisa ele deve ter feito ao cachorrinho. Ele não morde ninguém..."

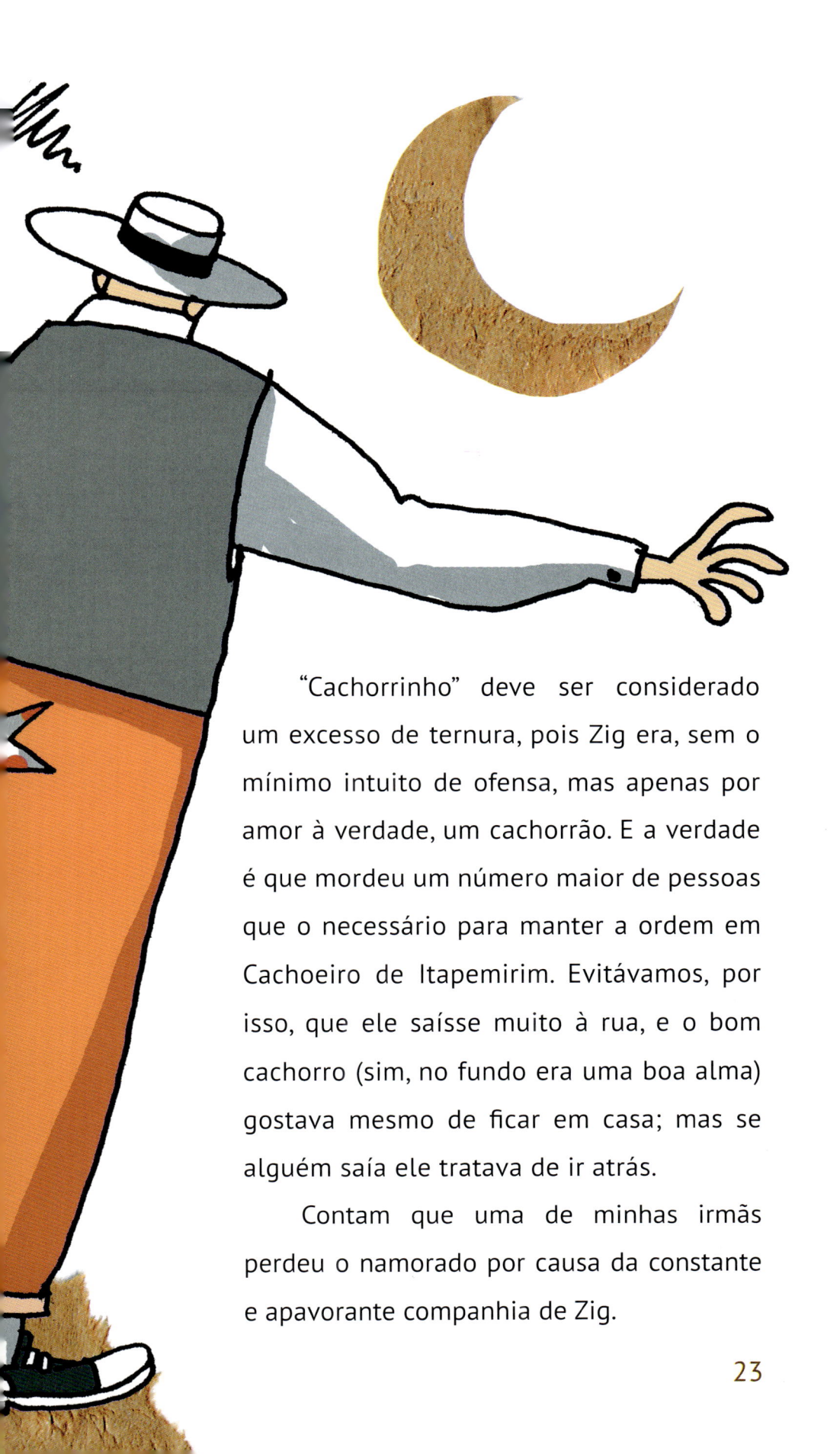

"Cachorrinho" deve ser considerado um excesso de ternura, pois Zig era, sem o mínimo intuito de ofensa, mas apenas por amor à verdade, um cachorrão. E a verdade é que mordeu um número maior de pessoas que o necessário para manter a ordem em Cachoeiro de Itapemirim. Evitávamos, por isso, que ele saísse muito à rua, e o bom cachorro (sim, no fundo era uma boa alma) gostava mesmo de ficar em casa; mas se alguém saía ele tratava de ir atrás.

Contam que uma de minhas irmãs perdeu o namorado por causa da constante e apavorante companhia de Zig.

Quanto à minha mãe, ela sempre teve o cuidado de mandar prender o cachorro domingo pela manhã, quando ia à missa. Às vezes, entretanto, acontecia que o bicho escapava; então descia a escada velozmente atrás das pegadas de minha mãe. Sempre de focinho no chão, lá ia ele para cima; depois quebrava à direita e atravessava a Ponte Municipal. Do lado norte trotava outra vez para baixo e em menos de quinze minutos estava entrando na igreja apinhada de gente. Atravessava aquele povo todo até chegar diante do altar-mor, onde oito ou dez velhinhas recebiam, ajoelhadas, a santa comunhão.

Zig se atrapalhava um pouco – e ia cheirando, uma por uma, aquelas velhinhas todas, até acertar com a sua dona. Mais de uma vez o padre recuou indignado, mais de uma vez uma daquelas boas velhinhas trincou a hóstia, gritou ou saiu a correr assustada, como se o nosso bom cão que a fuçava, com seu enorme focinho úmido, fosse o próprio Cão de fauces a arder.

Mas que alegria de Zig quando encontrava, afinal, a sua dona! Latia e abanava o rabo de puro contentamento, e não a deixava mais. Era um quadro comovente, embora irritasse, para dizer a verdade, a muitos fiéis. Que tinham lá suas razões, mas nem por isso ninguém me convence de que não fossem criaturas no fundo egoístas, mais interessadas em salvar suas próprias e mesquinhas almas do que em qualquer outra coisa.

Hoje minha mãe já não faz a longa e penosa caminhada, sob o sol de Cachoeiro, para ir ao lado de lá do rio assistir à missa. Atravessou a ponte todo domingo durante muitas e muitas dezenas de anos, e está velha e cansada. Não me admiraria saber que Deus, não recebendo mais sua visita, mande às vezes, por consideração, um santo qualquer, talvez Francisco de Assis, fazer-lhe uma visitinha do lado de cá, em sua velha casa verde; nem que o santo, antes de voltar, dê uma chegada ao quintal para se demorar um pouco sob o velho pé de fruta-pão onde enterramos Zig.

Orlando Pedroso

Sou ilustrador desde 1979 e tivemos, na família, muitos cães.

Primeiro foi o Bidu, um vira-latinha com olhos cor de mel e que parecia humano.

Depois teve o Pipoca, o Fumaça, a Branca, a Cacau, o Bob, a Lola e hoje tem a Filó e a Kika.

São muitos os cachorros que passam pela nossa vida e cada um deixa sua marca.

Um come os chinelos, outro morde a beirada dos móveis, outro tem pavor de trovões, outro gosta de correr atrás de motos e bicicletas.

Em comum, aquele amor que só um cachorro querido pode dar. Se enroscam em você, lambem sua mão, deitam em cima de seus pés e agradecem com toda a gratidão do mundo aquele carinho rápido que se faz quando se está com pressa.

Dizem que todos os cachorros merecem o céu. Eu já acho que todos mereceriam um livro com seu nome na capa.

Spacca

Rubem Braga

O capixaba Rubem Braga nasceu em Cachoeiro de Itapemirim, no Espírito Santo. Morou em diversas capitais brasileiras e viajou a vários países por conta de seu ofício, cobrindo eventos de guerra, ou simplesmente pelo gosto de viajar – o que ele considerava uma das boas coisas da vida.

Começou no jornalismo aos 15 anos, escrevendo reportagens e crônicas para o jornal dos irmãos e aos 18 assinava páginas de dois jornais de Minas Gerais. Com 19 anos, cobriu a Revolução de 1932. Mais tarde, seria correspondente de guerra junto à Força Expedicionária Brasileira (FEB), na Itália. Morou também, desempenhando funções oficiais do governo brasileiro, em Santiago do Chile e no Marrocos.

As andanças, porém, eram também um pretexto para voltar ao Rio de Janeiro, cidade de sua eleição, e à sua casa, aberta sempre aos amigos e espaço para suas lembranças e plantas. Pássaros, só sabiás e bem-te-vis, que vinham livremente cumprimentar suas flores. Faleceu em 19 de dezembro de 1990 e suas cinzas foram jogadas no rio Itapemirim.

Conheça outras obras do autor publicadas pela Global Editora

Coisas simples do cotidiano

Rubem Braga crônicas para jovens

Dois pinheiros e o mar e outras crônicas sobre meio ambiente

O menino e o tuim

O anjo vendo as horas